글나무 시선 09

아직도 끄적거리는 중입니다만

글나무 시선 09
아직도 끄적거리고 있는 중입니다만

저 자 | 김종헌
발행자 | 오혜정
펴낸곳 | 글나무
주 소 | 서울시 은평구 진관2로 12, 912호(메이플카운티2차)
전 화 | 02)2272-6006
등 록 | 1988년 9월 9일(제301-1988-095)

2023년 10월 31일 초판 인쇄 · 발행

ISBN 979-11-87716-92-1 03810

값 10,000원

이 책은 강원특별자치도 강원특별자치도, 강원문화재단 강원문화재단 후원으로 발간되었습니다.

아직도 끄적거리고 있는 중입니다만

김종헌 시집

| 시인의 말

첫 시집을 내고 난 뒤 70,080시간이 흘렀다.
역시 나는 타고난 시인이 아니다.
단지 시를 만들려고 애쓰는 시인이다.

그러다
박제영 시인의 「시답잖은 시론」이라는 시를 만났다.

시는 시(詩)다 말로 절을 짓는 거다 잘못 지으면 땡중 된다 이 말이렸다
시는 시(侍)다 사람이 절이고 사람이 부처다 그러니 모셔라 이 말이렸다
시는 시(市)다 구중궁궐이 아니라 책상머리가 아니라 시는 저잣거리에 있다 이 말이렸다
시는 시(視)다 남들이 보지 못하는 걸 보라는 거다 탄광의 카나리아처럼 잠수함의 토끼처럼 세상이 무너지고 가라앉고 있는 것을 먼저 보고 짖어라 이 말이렸다
시는 시(矢)다 짖어도 안 되면 아예 쏴라 세상 무너뜨리고 망가뜨리는 놈들 가슴팍에 화살을 팍팍 꽂아라 이 말이렸다

이상의 것을 무시하면 어떻게 된다고?

시가 시(屎) 된다 된똥도 아닌 묽은 똥 된다 이 말이렸다

아예 시(尸)가 되는 수도 있다 시쳇말로 죽은 시가 된다 이 말이렸다

—「시답잖은 시론」 전문

그 후, 똥(屎) 같은 詩, 죽어(尸) 있는 詩를 쓰지 않으려 나름 고민했다.

시(侍)와 시(視)를 시(市)에서 찾아내려고…

그러나 아직 두렵다.

시(屎)와 시(尸)가…

차례

2부. 일상에서 나를 만나다

차례

3부. 풍경에서 나를 만나다

4부. 관계에서 나를 만나다

차
례

5부. 속초에서 나를 만나다

1부

내 안에서 나를 만나다

이름이 없습니다

띵~동
44번 고객님
4번 창구로 오세요
은행 안에서
오늘 나는 44번입니다
대기 번호 55번 손님
5번 테이블 자리 났습니다
맛집 앞에서
나는 55번입니다
고속도로 휴게소 식당
번호조차 부르지 않고
111번 전광판 붉은 글씨로
깜빡거리며 호출되는
지금 이 세상에서
나의 이름은 없습니다
고향 집 앞을 지나며
속으로 혼자 불러 봅니다
종 ~ 헌 ~ 아
놀 ~ 자!

나를 출판하다

대하소설이 되기엔
서사가 짧고

로맨스가 되기엔
애절함이 부족하고

스릴러가 되기엔
긴장감이 떨어지고

베스트셀러가 되기엔
이슈가 없고

그냥 가볍게 읽히는
짧은 에세이 몇 편

유명 서점 서가는커녕
동네 서점 귀퉁이에도 자리 잡기 힘들어도

오기로

나는

나를 출판했다

오래된 집

대문 앞에 서면
그 집의 제목이 보이고

마당을 걸으면
살아온 목차가 보이고

툇마루에 앉으면
대하소설의 배경이 펼쳐지고

사랑방 문살에는
사라져 간 인물과
살아가는 주인공들이 보이고

안방 미닫이를 열면
기억되어야 할 어제와
이어가야 할 오늘의
이야기가 펼쳐지고

부엌문을 열면

눈물과 땀으로 훈제된 서까래마다
할머니, 어머니, 며느리의 이름으로
기록된

보이지 않으나
읽어 낼 수 있는

오래된 집은
역사책이다

사다리

까치밥으로 남긴
언 홍시가 먹고 싶어
낑낑대며 혼자 나르던
열두 살의 대나무 사다리

초가지붕에서
양철지붕으로 바뀌던 날
빨간 뺑기칠을 하기 위해
아버지와 함께 오르던
스물두 살의 나무 사다리

스무 평 5층 연립에서
서른두 평 11층 아파트로
이사 가던
서른아홉 살
사다리차의 철제 사다리

이제 내려갈 일만 남았는데
자꾸 눈앞에 어른거리는

보이지도 밟히지도 않는

예순한 살

저 눈부신 사다리

가위바위보

사는 일이 늘 그랬다

주먹을 꽉 쥐든
손가락 둘을 내밀든
손바닥을 활짝 펼치든

선택은
늘 순간이며

술래가 되든가
보기 싫은 놈과 짝이 되든가
결과는 온전한 나의 몫이다

그러나
삼세판이 있어
세상은 그럭저럭 살만했다

묵은지

이름만 들어도
입 안 가득
맛이 퍼집니다

무엇과 섞어도
참 잘 어우러집니다

아주 오래된
당신

그리고 나

자벌레

Ω---

넓지도 않은 오동나무 잎새 위를
하루 종일
구부렸다 폈다
세상을 재고 있는 너

지구 한 귀퉁이
속초 바닥을
평생
기어다니는 나

---Ω

해우소

어지러운 마음에
산사에 올랐다

믿음 없는 발걸음 탓에
배탈이 났나 보다

모르고
혹은 알면서도 모른 척
삼킨 것들이 너무 많아

버리고
비우고
쏟아도
쉽게 가벼워지지 않는
무지근한 뒤끝

떨어지는 높이만큼
더 무거워지는

살아남기

낡은 장롱

들어 올려야
이가 맞고

뼈와 뼈가
부딪는 소리를 내야만
열리는 문

마분지 몇 조각
구겨 넣어야
오른쪽 왼쪽
가까스로 수평이 되는

손대지 않아도
스르르 절로 열리는

색이 바랜
오래된 장롱

그 속에

구겨진 옷가지처럼
널브러진

나!

로또를 기다리며

인생
한방이라는데

아파트는 너무 비싸서
주식은 잘 몰라서
비트코인은 더 낯설어서

저물어 가는 저녁 길
기댈 곳은
로또 한 방 뿐

금요일마다
성지 순례하듯
로또 명당을 찾아
주(週) 기도문을 올린다

자동! 두 장 주세요

하루쯤

헛된 꿈에 취해 살아도
신이 용서해 줄 것 같은 나이라는

똥배짱이다

장례식장에서

갑작스런 친구의 부고에
삼삼오오 모여들었다

봉투 앞에서
모친상 때 받은 지폐 수를 기본값으로 놓고
평소 만남의 횟수와
사회적 체면을
x와 y축으로 한
어려운 방정식의 답만큼 지폐를 세었다

술 한 잔에
죽은 이의 어제가 살아나고
술 석 잔에
살아 있는 이들의 내일로 시끄러웠다

술 먹는 시간만큼의
애도가 끝나고
몇몇은 담요 앞으로
몇몇은 근처의 술집으로

헤쳐 ~ 모여 하는데

끼일 곳 없는
몇몇은
다리 운동을 핑계로

좌향 앞으로
우향 앞으로
뒤로 돌아 가를 외치며
찢어졌다

뒤로 돌아가는 길
비어 있는 의자를 생각하며
정승의 죽음과
정승집 개의 죽음에 관한 옛날이야기가
귓가를 맴돌고 있었다

팔자 탓

미끈거리고 물컹대고 냄새나는
금방 싼 강아지 똥을 치우다
삼 년을 참아 온 아내의 울화가
끝내 활화산으로 솟아올랐다

애고 자식새끼 잘못 키워
늘그막에 개똥이나 치우고…

폭풍 오열 속에서도
인대가 늘어난 엄지손가락으로
물걸레질을 멈추지 못하는
구부정한 등허리를 보며

자식 잘못 키웠다고
우리 탓은 말자
저놈 팔자거니
우리 팔자거니
그냥 살자

나지막이 중얼거리는 일이
유일하게 할 수 있는
나의 일이었다

평상

삭아 내린 장승이
지켜 주던
느티나무 넓은 그늘 아래

페인트칠 벗겨져 가는
오래된 구멍가게 처마 아래

엉덩이 한 뼘
들이밀 수 있으면
누구나 쉽게 걸터앉는 곳

허름하고 오래된
그런
평평한 상이 되고 싶다

사람을 구분하는 법

전혀 만날 수 없는
그냥 스쳐 가는
이따금 마주치는
이름은 모르지만 눈인사 정도 건네는
만나면 그저 악수만 나누는
오랜만이지만 늘 보고 싶었던
자주 보지만 만나고 싶지 않았던
늘 보고 싶던
매일 눈을 마주쳐야 하는
결코 마주치지 않기를 바라던

이제 나이가 들자

보고 싶은
보고 싶지 않은

단순 이분법

포커페이스

38 광땡이 아닌
그저 한 끗, 따라지다

이기기 위한 포석이 아니라
버리는 돌
바둑판의 사석이다

늘 지기만 하는
운발 없는 삶이 지겨워

오늘은
블러핑이다

기를 쓰고
포커페이스다

물집

무언가에 부대껴야
비로소 생기는

터지고 쓰라려야
더 단단해지는

물의 집

내 안의 또 하나를
지켜 내려고

살갗 위에 세운
차갑고 둥근

불의 집

사람답게

오전 8시

종일 콩콩대고 벅벅거리던
위층 사람들을
엘리베이터 안에서 만나면
환하게 웃는 일이다

오후 13시

오래전
눈 흘기고 뺨 붉힌 일로
평생 보고 싶지 않던
사돈의 팔촌을
조카 결혼식장에서 마주치면
욕지기를 참으며
자연스럽게 손을 내미는 일이다

오후 18시 30분

아주 오랜 옛날
5년 동안 부었던 내 첫 적금을
몽땅 떼어먹고
삼십 년 만에 후줄근해 나타난
동창생 놈에게
그저 쓴웃음 한 번 건네는 일이다
같잖은 하루에

몇 잔 걸친 취기를 핑계로
청호동 앞바다를 보며
야~ 그게 사람답게 사는 거라고
에라이~ 개똥이다
고작 소리 한 번 지르고
비척거리며 돌아서는 일이다

아직도 끄적거리는 중입니다만

쓰다가 지우고
끝내 구겨 버린 초고
* * 스물

넣었다 뺐다
자리 잡지 못한 목차
* * * 서른

꺼내 놓고도 얼굴 붉어진
익지 못한 서문
* * * * 마흔

그 많은 새벽을 마주하고도
끝내지 못한 본문
* * * * * 쉰

기껏해야 권말 부록 아니면
별책 부록
* * * * * * 예순

길어야 다섯 줄

짧아서 쓰기 더 힘든 편집 후기

* * * * * * * 일흔

더 이상 스토리가 나올 것 같지 않은

* 그 이후

2부

일상에서 나를 만나다

풀 뽑기

마당을 가둔
콘크리트 틈새
한 줌도 안 되는 흙 속에 뿌리 내린
풀들을 뽑는다

깊이 내린 풀뿌리를 뽑기 위해
나이만큼 더 무거워진 엉덩이를 치켜들며
힘을 쓰는 이유

너는 잡초라는 뿌리 깊은 생각

이길 수 없는 싸움에도
자꾸 멱살 잡는 까닭

너보다 내가 내린 뿌리가 깊지 못하기 때문이다

나름의 이유

아들 가게 마당 가
봄비가 쑥쑥
풀들을 키워 냈다

풀 좀 뽑지…
지청구가
풀 좀 뽑으라구!
악다구니로 변해서야

게으름과 귀찮다는 말 대신
애들도 살겠다고
콘크리트 틈새에서
바락바락 올라왔는데
꽃이나 피운 담에
뽑던지 말던지…

나름의 이유를
구시렁 구시렁

뽑는 게 아니라
대충대충

풀을 뜯었다

알바 보고서

누군가에게
무엇을 파는 일은
뼈 마디마디에 사리를 만드는 것이다

날마다 한 둘씩
진상을 만나는 일은
쓸개도 배알도 빼 던지고
그나마 붙어 있는 간에다
동물성도 식물성도 아닌
인간성 독소를
차곡차곡 쌓아 두는 일이다

다른 이의
주머니를 열게 하는 일은

달마대사가
9년 만에 떼어 던진
눈꺼풀만큼
무거운 면벽수행이다

알바 열흘 만에
만다라 하나 얻었다

일에 진심을 다하는 것보다
사람에게 마음을 다하는 일이 더 어렵다

구간 단속 중

휑하니 뚫린
2차선 고속도로에서
브레이크를 잊는다

터널 입구
붉은 경고등으로 반짝이는
구간 - 단속 - 구간

밟는 것을 잊었던
브레이크를 밟는다
조금씩, 조금씩
나누어 힘을 주며
속도를 늦춘다

지금
내가 가야 할 길에서
나도
구간 단속 중이다

내부 수리 중

종양 하나 떼어 냈다는
친구 놈 병문안을 갔다

입원실에 누워 있는 대신
휴게실에서 다른 친구들과
낄낄대며 웃고 있다

복수에 찬 물 빼러 온 놈
사다리에서 떨어져 다리에 깁스한 놈
뒷구멍에서 커다란 혹 하나 떼어 낸 놈

우연히 병원에서 만난
친구 네 놈이
동창회를 하고 있다

우리는 지금
내부 수리 중이다

풀을 뽑으며

비 개인 아침
콘크리트로 덮인 마당 가
풀을 뽑는다

물렁해진 흙의 힘에
넓게 퍼진 수염뿌리는 쉬 뽑히는데
척박한 곳에 내린 곧은 뿌리는
몇 번의 호미질과
온몸으로 당겨도
결코 뿌리 끝을 내주지 않는다

담벼락 틈새
끝내 끝을 보여 주지 않는
엉겅퀴 뿌리를 보며
그를 떠올린다

자갈밭 같은 세상에서
꼿꼿이 내린 그의 곧은 뿌리를 위해
수염뿌리 같은 세상을 살아온 값으로

오늘,

술 한 잔 사야겠다

목욕탕

38.2도
뜨뜻미지근한 온탕에서
40분

42.8도
뜨거움이 턱밑까지 차오르는 열탕에서
10분

머리 위로 쏟아지는 차가운 인공 폭포수를
온몸으로 견뎌 내며 냉탕에서
10분

온탕 ↔ 열탕 ↔ 냉탕

아들놈 때 밀며
사는 게
그런 거라고

토닥토닥 등 두드려 주는
일요일 오후

하루살이

찌지직 탁!

전자 파리채를 휘두르며
하루가 전부인 그의 생을
쇼크사로 조기 마감시켰다

하루를 살다
간다고
불쌍하다 말하지 말자

나의 한 갑자는
그들의 하루만큼 뜨거웠는지

저물어 가는 저녁
그들의 소신공양으로

밤이 환하다

접촉사고

비 그친 뒤
서둘러 길을 나서며
가속기를 밟던 나와

미처 집으로 돌아가지 못한
아스팔트 위 지렁이를 쪼아대던
작은 새 한 마리

길 위에서 만났다

서두름과 욕심이 만들어 낸
부고도 없는

주검 하나

기억 속의 우물

동네 한가운데
이제는 묻혀 버린 우물 하나
머릿속에
또렷이 살아 있습니다

한겨울에
퍼 올려진 샘물은
참으로 따스했습니다

오랜 가뭄에도
결코 마르지 않았습니다

어머니
당신도
언제나 그랬습니다

시속 1km

벚꽃 소식이
제주도에서 속초 목우재까지
올라오는 걸음
하루 22킬로미터
단풍이
설악산에서 한라산으로
내려가는 걸음
하루 25킬로미터
자연의 시속은
평균 1킬로미터
나는 무엇이 그리 바빠
별 좋은 이 가을날
속도계 120이 넘어가도록
밟아대고 있지?

두고 온 우산

문창반 수업하러 가는
어스름길
흐린 하늘 올려다보며
우산 하나 집어 들었다

빗방울 돋는 길 위에서
작은 산 하나 펼치며
고마움에 자꾸 올려다봤다

돌아오는 길
맑아진 하늘 탓에 그를 잊었다

햇살 환한 아침
식구들 모두 나간
서재에 앉아
책 한 페이지를 넘기며
시나브로
나도 잊어버린 우산이 되었다

혼자 먹는 밥

마음에 점 하나 찍는다는
점심(點心)을 먹기 위해
밥상을 차리다

칠십육억 명 지구촌에서
혼자라는 단어가 시리다

배가 고픈 것이 아니라
사람이 고파서

혼자 먹는 밥이
더 슬프다

강아지의 별책 부록

불혹의 나이까지
우리 집의 중심은 나였다

아이들이 자라면서
지구가 23.5도 더 기울더니
시나브로 나는
아이들의 부록이 되었다

가기 싫어도 가야만 하던 곳을
가고 싶어도 갈 수 없는 나이가 되어
집안에 새로운 식구 하나 들였다

꼬맹이 들어온 지
백일
나는 이제
강아지의 별책 부록이 되었다

댓글

꼬맹이 들어온 지
백일
나는 이제
강아지의 별책부록이 되었다*

갈뫼 회원 시 합평란에 올린
자작시 한 편

아니요. 아니요.
당당하고 진솔한
한 권의 양장본입니다.*

댓글로 달린
한 마디로

별책 부록이
양장본이 되는

따뜻한 말의 세상

* 자작시 「강아지의 별책 부록」 중 일부
* 댓글 전문

시소

세상은
수평을 이룰 수 없어
한쪽은 하늘로
한쪽은 땅으로
기울어진 세상

무거운 몸 실어 주어야
올라갈 수 있고
힘을 빼야만
내려갈 수 있는 것

저물어 가는 밤
아무도 없는 놀이터에서
두 다리로 적당히 버텨 주고
엉거주춤 힘을 뺀 채
혼자서 만들어 낸

곧 기울어질
나만의 수평 저울

3부

풍경에서 나를 만나다

편의점 컵라면

프롤로그 :
24시 편의점 앞, 작은 탁자와 의자 두 개가 놓여 있다

제1막 : 20시
야근을 마친 작업복 차림의 남자 사발면과 소주 한 병 들고 탁자에 앉는다
소주 한 잔에, 라면 한 젓가락, 국물 한 입,
카 소리와 함께 고단한 하루가 저물어 간다

제2막 : 24시
알바 천국에서 온 친구가 계산대에서 유통기한 하루가 지난 공짜 삼각김밥과
오늘 시급에서 공제될 컵라면 하나로 늦은 저녁을 먹는다
그의 아침은 아직 멀었다

제3막 : 02시
희미한 불빛 가로등 기둥을 붙잡고 안간힘을 다해 가슴을 두드리는 그녀

오늘 올렸던 매상만큼 시큼한 토사물이 쌓였다
해장국 컵라면 국물과 숙취해소제 한 병을 마시고 비척
대며 일어서는
그녀의 밤은 다른 이의 환한 대낮이다

에필로그 :
스며든 슬픔과 고단한 소금기로
그들은 컵라면에 수프를 반 만 넣었다

비상구가 없다

이카루스의 날개로
날고 싶어도
토익점수 900과
스펙 쌓기에 발목 잡힌
고시촌 원룸에는

비상구(飛翔口)가 없다

청년실업률 숫자놀음으로 만들어진
비정규 계약직 사원의 책상 위에도
시급 5,210원에
내일을 저당 잡힌
편의점 계산대에도

비상구(非常口)가 없다

떠오르는 아침 해에
졸린 눈 비비는
젊은 어깨 밑으로
하루가 거꾸로 저물고 있다

심각한 일

지도에서나 보던
크림반도의 전쟁
시시때때 벌어지는
촛불집회보다도
친한 친구의 말다툼이

기름으로 뒤덮인 바다와
먼 북극의 얼음이 녹아내린다는
뉴스보다도
우리 집 위층 꼬마의
콩콩대는 층간 소음이

내겐 더 심각한 일

소주잔을 부딪칠 때만
손닿지 못하는 부정과
손댈 수 없는 불의에 대해
목청만 드높이다
취한 술을 핑계로

빨간불의 횡단보도를 건너고
골목길에서 지퍼를 내리는
어쩜 나란 놈이

더 심각한 일

빛나는 조연

그 말이 얼마나 물색 없고 빈말인지는
늘 조연으로 살았던 사람들은 알아
안 빛나는 주연으로만 살았던 이들은
말끝마다 마음에서 우러나온 말이라고 하지만
진심은 받아들이는 사람의 몫이지
말하는 이들의 몫은 아니야

오늘도 나는 뒷전에서만 빛나다
늦은 밤 집으로 돌아가는 길
길가 ATM에서 통장을 찍고
남아 있던 달랑거리는 동그라미에
오늘 더해진 숫자를 보며
하늘에서 빛나는 별들을 쳐다봐

유난히 반짝이는 별 곁에서
까무룩 해지는 내 별을 쳐다보는 일은
빛나는 조연

결코 위로가 되지 않는 위로가 되어
강물 속에 가라앉고 있어

자작나무 숲에서

잃어버린 그리움과
닳아 없어진 기다림을 찾으러 간
자작나무 숲에서
비탈길에 넘어질까
발끝만 내려다보다
기어코 엉덩방아 찧다
넘어져서야 보이는
저 아름다운 솟구침
마음을 다스리는 일은
나무도 숲도 하늘도 아닌
넘어졌다 스스로 일어서서
엉덩이 툭 툭 털며
괜찮다 괜찮다
중얼거리는 나임을
새로운 기다림을 위해선
오래된 가지를 스스로 떨구어야 한다고
아프게 가르쳐 주는
자작나무들의
저 슬프도록 검은 흔적들

빨판

대형마트 수족관에 꼬물대는 낙지를 보았어
유리 벽에 붙은 낙지의 빨판을 보다
조금은 더 큰 오징어의 빨판을 떠올리고
좀체 떨어지지 않는 문어의 빨판과
심해에 사는 대왕오징어의 거대 빨판을 거쳐
마침내 귀신고래에 붙은 빨판상어의 흡반에 이르렀어

그 모든 빨판들이
내 핏줄 곳곳에 달라붙어
쪽쪽 피를 빠는 환상이
마트 광고판에 홀로그램으로 떴어

쥐뿔 서민의 피로 배를 채운 그들이
벌렁 자빠지자
붉은 뱃가죽에 글자들이 선명했어

거 · 대 · 기 · 업

그렇게 피를 빨리고도

이튿날이면
우린 또 장바구니를 들고
빨판이 가득한
진열대 사이를 헤매고 다녀
편안함 - 다양함 - 익숙함이라는
단어에 중독되어

과대포장 물건 사이를 돌며
전자 광고판에
보이지 않는 반성문 한 줄 썼어

나는 누구에게 빨판이었을까

그들의 집이 궁금하다

비 그친
인조 잔디 마당
바람에 떨어진 꽃잎 쓸어 내는데
날개 잃은 벌 한 마리
물방울에 머리 묻고
끝내 집으로 돌아가지 못했다

작은 몸뚱어리
휴지로 염습하는데

우크라이나 폭격으로 무너져 내린
콘크리트 잔해 속
아홉 살 소녀와

부서진 철제 다리
무거운 쇳조각에 갇혀
고개 꺾인
열아홉 러시아 병사가
같이 묻어왔다

끝내 돌아가지 못한
그들의 집이 궁금했다

상고대

차가운 강물 속
시린 발 담근 채
온몸으로 겨울을 버텨 내던 나무

가슴속 깊이
보이지 않는 눈물방울 껴안은 채
흔들리던 낮은 바람

그렇게 시린 것들끼리
뜨겁게 아프게
부비대더니

밤새 피워 올린
저 환한 얼음꽃

벽화

바람과
뜨거움이 만들어 온
이야기 하나가
돌담을 기어오르며
붉은 벽화 한 폭 그려 간다

팍팍하지만
살아 있음이 아름답다고
커다란 캔버스에
작은 손도장
꾹꾹 찍어 누르고 있다

시래기

살아생전
그토록 오랜 시간을
맑은 물 길어 올려
투명한 햇살 온몸으로 받아 내며
푸른 청 가꾸더니

이제
처마 끝에 거꾸로 매달려
서늘한 바람 한 줄기로
물기를 빼야 한다
시나브로 힘을 빼며
적당히 시들어야 한다

고등어찜
비린내를 잡고
돼지고기 잡내를 없애 주며
남아 있던 숨마저
한풀 꺾여야 한다

물구나무서서
내려다보는

저물어 가는 나의 저녁

지층

작은 먼지 한 움큼
고운 진흙 한 줌

부스러진 자갈 몇 개
불쑥 끼어든 돌멩이 서너 개

바람에 날려가다 떨어진 나뭇잎 몇 장
날아가다 숨 떨어진 곤충 한 마리

그렇게 머리 맞대고
가슴 부대끼며
누르고 눌리면서

한 오십만 년쯤 뒤
세상 밖으로 튀어나오는 일

우리가 사는 이유
그렇게 지층이 되는 일이다

돌각담

오래된 담벼락에는
돌들이 있어야 할 곳에 있다

둥근 돌 납작한 돌
비가 흐르는 길 따라
낮게 낮게 가라앉아
시간들이 시나브로 익어 가고

큰 돌 작은 돌
바람이 드나드는 길 따라
뒤척거리는
풍경들이 조금씩 낡아 간다

색깔 바래 가는
돌각담 위
불쑥 솟아 늙어 가는
돌멩이 하나
마당 안을 그윽이 내려다보고 있다

숨

한 길 땅속
익어 가는 김치 항아리가 뱉어 내는
눅눅한

아홉산 대나무 숲
댓잎 위로 흘러가는
푸른 바람의

박제된 석탄박물관
막장의 갈비뼈 사이로 뿜어내던
그 뜨거운

구좌읍 청보리 같은 파도 위
길게 터지는
해녀 할머니의

날마다 터지는
우리 모두의

숨

돌개구멍

부비부비
살 부비다
사람은 가고
마음 한 줌만 남았다

시간이 흐를수록
깊이깊이
스며드는
천년의 그리움

부채바위

높새바람
소금기에 삭아

힘들게 버텨 온
시간들을
칭칭 동여맨 채

아직도
바람을 일으키는
돌아가신 어머니의
아주 오래된
부채 하나

살아남기

오래된 잎을 버립니다
삭정이를 떨굽니다
우듬지 속 물관을 비웁니다
북서풍 불면 고개를 수그립니다
얼음꽃 피면 몸을 웅크립니다

대청봉 꼭대기
겨울나무가 되는 일입니다

착각

수컷 벌을 부르기 위해
벌 난초는 암벌의 얼굴로 피고

파리를 부르기 위해
앉은 부채는
시궁창 냄새를 풍기고

딱정벌레를 부르기 위해
시체꽃은 3m의 꽃대를
십 년 만에 한 번 밀어 올린다

아름답다
향기롭다
이름 짓지 마라

살아남기 위한
몸부림이다

처절함이다

生

콘크리트 틈새
벌어진 시간만큼
쌓인 먼지 흙

날려가다
날아가다
견디지 못하고
떨어져 내린 뿌리의
집이 되는 곳

주름살 같은 거죽을 뚫고
마침내 솟아오른
푸르른 깨달음

4부

관계에서 나를 만나다

문

커다란 자물쇠가 달린 철문
비밀번호를 눌러야 하는 디지털문
버튼을 눌러야 되는 반자동문
앞에 서기만 해도 열리는 자동문

다른 세상으로 들어가는
방식이 모두 달라
건망증과 헷갈림 속에
늘 헛발질이다

생년월일
자동차 번호
전화번호로도 열리지 않는
오래전에 닫힌
내 마음

또 다른 내 앞에
멍하니 서 있는
저물어 가는
봄밤

내가 사는 법

오래된 나무
높은 둥지에서
원앙새 새끼들이
밑에서 부르는 엄마 목소리 믿고

뚝 떨어지는 일

아리바다
수천 개의 알 중
새의 부리와
악어의 이빨을 피해
바다로 나간

한 마리 거북이가 되는 일

아버지가 살아났다

염색하러 미장원에 갔다
피곤한 눈 잠깐 감았다 뜨니
오래전 땅속에 묻었던
아버지가 거울 속에 앉아 있다

길게 찢어진 눈
두툼한 입술을 비틀며
살아평생
못다 한 말이 남았는지
소리 없이 나와 마주 보고 있다

오랫동안 잊고 있던 단어들이
무덤 같은 거울 속에서
뚜벅뚜벅 걸어 나오고 있다

부부

폭넓은 구두만 신다
멋져 보이는
날렵한 구두 한 켤레 샀다

첫날
발뒤꿈치를 종일 깨물더니
둘째 날
발등의 핏줄이 퍼렇게 멍들고
셋째 날
기어코 새끼발가락에 물집이 생겼다

열흘쯤 지나서야
주걱 없이도 신을 수 있는
헐거움이 생기고
터진 물집이 아물어야
비로소 아픔이 둔해지는

오래된 부부 닮은
구두 한 쌍

차가운 타일 위에서
어긋난 잠을 청하고 있다

가족

대출 한도가 없습니다
약관도 필요하지 않습니다
보증은 더욱 필요 없습니다
이자는 마음으로 받겠습니다
그마저 힘들면
때론 파산 신청도 가능합니다

우리 사이는

사람 읽기

누군가를 만나는 일은
살아온 삶을 읽는 일이다

첫 만남은
느낌으로 읽어 내고

만남이 길어질수록
한줄 한줄 음미하며 읽고
이리저리 따져가며 읽고
때론 건성으로 훑어보기도 하다가

당신이라는 책장을 덮으며

오늘 한 줄로 간추린
그의 이야기가 오독이 아니길

아버지의 욕

아버지는 둘이었다

술이 들어가지 않은 날에는
늘 말이 없었다
어머니의 잔소리를
노동요 삼아
밭고랑 사이를 비틀거리는
게으른 화소였다

술 취한 아버지는
세상 무서울 게 없었다

갑장 친구부터
나라님까지
쌍시옷의 말 잔치 속에서
하루 종일 허우적거렸다

아침 밥상에
둘러앉은 삼 형제 앞에서

머쓱한 얼굴로 한 말씀하신다
오늘부터 술 안 먹는다

우리는 그 말을 아무도 믿지 않았다

흔적

비 그친 아침
골목길 처마 밑

빈 소주병 옆
바나나 껍질 한 개
초코파이 봉지 하나
담배꽁초 둘

어느 가난한 생이
남기고 간

절실한
그래서 더 아픈 흔적

낮술

바람 부는 길가
낮술에 취해 주저앉은 사내
가로등 기둥을 부여안고
일어나려고
다시 일어서려고
안간힘을 쓴다

평생 발목을 잡아 온
고된 노동과
내일이 보이지 않는
버거운 삶이
바짓가랑이에 걸려
좀처럼 일어나지 못하고
낡고 헤진 바지를 걸레 삼아
더러워진 세상을 닦고 있다

갯바위

고동 따개비 거북손 말미잘
청각 지누아리 미역 고르메

모두가 붙어 산다

나이 든 할머니
물질하는 해녀
바닷가 사람들도
평생 물에 불은 채

그들 곁에 붙어 산다

나도
당신 등 뒤
어디쯤엔가

딱 붙어 산다

시와 젓갈

오래될수록 좋다
곰삭을수록 좋다
적당히 짭조름해야 좋다

누군가 좋아해 줘야

마침내 좋다

어떤 生

기다릴 수 없었던 부고장과
받고 싶지 않았던 청첩장처럼

사는 일은 늘
머피의 법칙으로 끝나곤 했다

샐리의 법칙이
일어날 것 같지 않는

내 삶은
마이너스 통장의 잔고처럼
늘 아슬아슬하다

언제 한 번 밥 먹자

어제저녁

살아생전
헤어질 때마다
언제 한 번 밥 먹자
빈말로 돌려세웠던 그를
국화꽃 둘러싸인 사진 앞에서
절 두 번 하고
그동안 못 먹은 밥값 대신
눈물 밥값 조금 더 넣어 보냈습니다

오늘 저녁

그동안 빈말로 돌려세웠던
몇 사람 불러내
따뜻한 돌솥밥 한 그릇
같이 먹고 있습니다

어떤 웃음

10년 후에나
다시 볼 수 있다는
부분 일식으로
세상이 어둡던 날

정신장애 3급 박 씨가
폐지를 나르던 리어카에
아내를 태우고 언덕길을 오른다

땀을 뻘뻘 흘리던 박 씨
아내 얼굴에 핀 웃음꽃 보며
환하게 따라 웃는다

어둡던 세상이 온통
환하다

할머니의 횡단보도

옆집 아흔 살 할머니
푸른 별빛이 깜박거리는
횡단보도를 걷는다

한 팔로
낮은 하늘을 온통 휘젓고
중력을 거스르지 못한 세 개의 발로
허우적허우적
물먹은 솜 같은 세상을 건넌다

푸른 별이
붉은 별이 됐다고
빵빵거리지 마라

할머니가 스스로 견뎌 내야 할
혼자만의 시간이다

아직 그곳은 할머니의 땅이다

옛날이야기

더운 여름
오일장에 감자 팔러 갔던
어머니
땀 뻘뻘 흘리며 들어서
펌프 물 한 바가지 들이키고
어! 시원타~
기척을 내도

낮술 한잔 걸치고
그늘 밑 평상에 늘어진 아버지도
바닷바람 솔솔 들어오는
대청마루에서
낮잠에 빠진 삼 형제도
일어날 줄 모르고

마루 밑 그늘에서 잠자던
똥개 백구만 달려가
꼬리 친다

설악산 곰탱이 같은 영감태기나
물치천 뚝버구 같은 자식새끼들보다
백구 니가 그중 젤 낫다
들으란 듯 내뱉은 엄마의 푸념이

개만도 못한 인간들이란 욕이란 걸 깨닫는데
오십 년 걸렸다

말의 온도

덕분에

따뜻하다
섭씨 24도

때문에

서늘하다
영상 12도

…탓에

차갑다
영하 24도

오늘
내가 지른 말들의 온도는
몇 도였을까

혀끝이 아리다

자드락비

핏줄을 돌아
심장 깊은 곳
깊숙이 꽂힌
너의 메신저

먼지잼

올 듯 말 듯
애태우다

먼지만 풀썩
시작 - 끝

당신 사랑

삭히다

힘을 빼는 일이다

가진 것에서
껍질은 버리고
물기는 날리고
채워진 소금으로

사리가 되는 일이다

5부

속초에서 나를 만나다

이름만 다른

구절초
쑥부쟁이
벌개미취꽃

구별하지 않아도
충분한
그저 이름만 다른

달빛 가득 채운
신평벌

저 환한 웃음들

미시령

인제를 지날 때
해가 쨍쨍 나더니
미시령 터널을 나오니
안개 자욱하고
바닷가에는 비가 내린다

서울 가는 길
오르막길
속초 오는 길
내리막길이라고 부른다

방향에 따라
이름도
의미도 달라지는 것
사는 게
그렇게 작은 산줄기 하나 넘는 일

비선대

물은 골 따라 내려가자 하고
산은 봉우리 따라 올라가자 하고
길 잃은 나는 너럭바위로 주저앉아
하늘 한 번 올려다보고
깊은 소 한 번 내려다보고

그물을 깁다

햇살 좋은 오후
모래기항*
물양장 그늘막 아래
그물 터는 부부

날마다 풍경화로 남는다

채우지 못한 수족관과
더딘 일손을
더욱 지치게 하는
해파리와 바다풀을 뜯어내며
소주 한잔 털어 넣고

터져버린 오늘과
새어나간 내일을
날마다
다시 깁는다

* 모래기항 : 속초 장사항의 옛 이름

미시령 저녁노을

보내야 할
버려야 할
잊어야 할 것들

너무나 잘 알면서도
차마 그러지 못하는

부끄러운 마음과
익어가는 세월이

미시령 능선
빨갛게 걸린

아름다운 슬픔

영금정 파도 소리

바다가 드나들 때마다
거문고 울림통이었던
돌산은 깨지고 부서져
속초항 방파제 밑돌이 되고

뿌리만 남은
영금정 너럭바위

깎인 바위는 괘가 되고
패인 바위는 명주실 현이 되고
파도는 술대가 되어

바다가 풀어내는
저 아스라한
거문고 산조

비룡폭포

흐르다
잠시 멈추었다
다시 흘러

그렇게
아득하게
나락으로
떨어지는 일

바닥 깊이
가라앉았다가
뒤틀고
솟구치기를
수·천·년

아직도
날아오르지 못한
미르

너!

흔들바위 1

봄눈 맞으며 오른
설악산 오솔길 끝

어스름 저녁

내 손바닥 위에
오도카니 올라앉은

눈 덮인
지구본 하나

흔들바위 2

아이가 흔들어도
흔들

어른이 흔들어도
흔들

같은 기울기로 흔들리다
늘 제 자리

그래
그만큼만 흔들리며 사는 거다

청호동 이야기 1

총소리가 멈추자

청호동 모래톱 위
함경도가 주저앉았다

타고 왔던 창이배*로
여름엔 오징어바리
겨울엔 명태바리로
식구들 먹여 살리다

흩어졌던 일가친척
살기 어려운 이웃들
불러 모아
고향 이름 딴

신포, 정평, 흥원, 신창 마을
앵고치, 짜고치 마을을 만들었다

임자 없는 공유 수면

흔들리는 모래톱 위
아바이 마을이라는
작은 나라 하나
뿌리 내렸다

* 창이배(1950년대)는 큰 돛과 작은 돛을 앞뒤로 배치한 범선이다. 동력선이 본격화하기 전까지 함경도와 강원도에서 주로 사용됐다.

청호동 이야기 2

청호동

머무를 곳이 아니라
고향 가는 길목
잠시 숨 고르던

식구들 비바람 피하기 위해
판자와 철판으로 얼기설기
방 한 칸에 정지* 하나뿐인
하꼬방*을 지으며
변소조차 집 곁에 두지 않았다

눈은 원산 앞바다에 걸어 두고
귀는 청진 포구에 열어 두고
고된 뱃일 끝나고
막걸리 한 잔에
가자미식해 씹으며

날마다 뱃길 열리기를 기다리며

삭힌 젓갈만큼
싸한 시간들이 흘러갔다

* 정지 : 부엌의 방언
* 하꼬방 : 판자로 임시로 만든 집

아바이의 시계

밖이 훤히 보이는데
나갈 곳이 없는
통유리창에서
온종일 날개짓하다

다음날
창턱에 떨어진
하루살이의 주검에서

청호동 바닷가에서
날마다 소주잔 앞에 놓고
북쪽 신포의 하늘만 바라보던
아바이의
슬픈 눈망울을 봅니다

보이나 나갈 수 없는
유리창과
뚫려 있으나 갈 수 없는
북녘 바닷길

하루살이의 스물네 시간
할아버지의 오십 년

숫자는 다르나
길이는 같습니다

수복탑

어머니와 아들이
멀리 바라보는 곳
그곳은 북녘땅이 아니다

곧 돌아가리라
둘째 딸과 만삭의 아내를 두고
장손의 손만 잡고
피난길 나섰다
결국 청호동 모래밭에
발목 빠진
단천 아바이의 한숨 속이다

어머니와 아들이
걸어가는 발길의 끝
그곳은 북녘땅이 아니다

명태바리 나갔다
혼자 파도를 타고 떠난
아바이를 가슴에 묻고

삼 남매 벌린 입에
보리쌀 한 톨 물리려고
날마다 오징어를 배를 때기던

삭을 대로 삭은
신포 아마이의
눈물 속이다

어쩌다 속초

남바리로 잡던 오징어는
물때가 맞지 않아
올라오지 못해
냉동 오징어로만 남고

북바리로 잡던 겨울 명태는
그 많은 그물코에 걸려
내려오지 못해
러시아산 코다리로만 남아

이제 속초에는
오징어와 명태가 없다

살얼음 물회 한 사발 먹고
닭강정 한 상자 들어야
비로소 속초가 되는 곳

오늘은 일상 녹초
내일은 힐링 속초

카피라이트로만 남은

어쩌다 속초

청호동 사람들

창이배 타고
함흥 원산 단천으로
올라가다 올라가다
다리 풀린
청호동 아바이 아마이들

그들은
청호동 바닷가에
신천마을 앵고치 마을 짜고치 마을
돌아갈 수 없는 고향 마을 이름을 부르다
이제는 날개 꺾인

청호동 울산바위다

부도탑

신흥사 법당
독경 소리로 바람을 빚고

백담사 계곡
법어로 물소리 맑게 하더니

낙산사 바닷가 부도탑 옆
어린아이 웃는 얼굴로 앉아
동해의 거친 파도를 잠재운다

거기 목 잘려서도 웃고 있는
여래보살로 서 있고 싶다

흔연

청호동 바닷가

오래된 이름이
물결로 남았다

내 마음을
들락날락

좌심실 우심방
쥐락펴락

네가 새긴
마음 물결

왔다 갔다고
무늬가 되는 것은 아니다

나와 시 쓰기에 대해 끝내지 못한 반성문

김 종 헌

1. 들어가는 말

프랑스의 후기 인상주의 화가 고갱이 그린 작품 중에서 가장 큰 규모의 작품이며, 자신이 그린 모든 작품을 능가하는 역작이라고 말한, 〈우리는 어디서 왔는가? 우리는 누구인가? 우리는 어디로 갈 것인가?〉라는 작품을 오래 들여다본 적이 있다.

그림보다 제목에 더 마음이 오래 머물렀던 이유는 필자가 글을 쓰는 작가라는 타이틀을 가지고 있었기 때문이다.

첫 시집 『청호동이 지워지고 있다』를 펴낸 지 8년의 시간이 흘렀다. 그 8년의 시간 동안 필자의 시 쓰기 작업의 대부분은 '나'를 찾는 작업이었다. 일상에서, 풍경에서, 다른 이와의 관계에서, 그리고 드러내지 못한 내

안의 또 다른 '나'를 찾는 여정이었다. 고갱의 그림 제목 〈우리는 어디서 왔는가? 우리는 누구인가? 우리는 어디로 갈 것인가?〉를 나로 바꿔치기한 '나는 어디서 왔는가? 나는 누구인가? 나는 어디로 갈 것인가?'에 대해 스스로 묻고, 스스로 대답하는 과정이었다.

다른 또 하나는 서문에서 이야기했던 것처럼 박제영 시인의 「시답잖은 시론」이 늘 필자의 시 쓰기 작업의 화두였다.

똥(屎) 같은 詩, 죽어(尸) 있는 詩를 쓰지 말고, 저잣거리(市)에서 찾아낸 글감으로, 모시는 시(侍)와 남들이 보지 못하는 것을 보는 시(視)를 쓰려고 했고, 한발 더 나아가 세상을 향해 쏘아 대는 시(矢)를 쓰고 싶었다.

그러나 역시 힘에 부친다.

II. 나를 번역하는 시 쓰기

인류학자 클로드 레비스트로스는 "이해는 하나의 현실을 다른 종류의 현실로 번역" 하는 것이라고 말했다. 또 프랑스 언어학자이며, 파리 기호학파의 창시자인 알기르다스 줄리앙 그레마스는 "의미화란 동일 언어에서 다른 차원의 언어를 사용하거나, 하나의 언어를 다른 언어로 바꾸는 것, 결국 의미란 기호 교환(transcoding)일 뿐" 이라고 말했다. 즉 기호학자들이 말하는 인간의 커뮤니케이션이란 '번역'이다.

그런 의미에서 이번 시집의 작품 대부분은 '나'를 '번역'하는 작업이었다.

40년! 달수로 480개월, 시간으로 350,400시간.

자신의 삶을 시작한 첫걸음부터 가장 정점의 시간을 '선생님'이라는 명찰 하나 달고 살아왔다. 그런데 어느 날 아침 눈을 떴는데, 문득 '가야만 하던 곳'이 없다는 사실을 깨달았다. 몸과 마음이 그 사실을 받아들이는 데 꽤 오래 걸렸다.

불혹의 나이까지
우리 집의 중심은 나였다

아이들이 자라면서
지구가 23.5도 더 기울더니
시나브로 나는
아이들의 부록이 되었다

가기 싫어도 가야만 하던 곳을
가고 싶어도 갈 수 없는 나이가 되어
집안에 새로운 식구 하나 들였다

꼬맹이 들어온 지
백일
나는 이제

강아지의 별책 부록이 되었다

—「강아지의 별책 부록」 전문

햇살 환한 아침

식구들 모두 나간

서재에 앉아

책 한 페이지를 넘기며

시나브로

나도 잊어버린 우산이 되었다

—「두고 온 우산」 부분

띵~동

44번 고객님

4번 창구로 오세요

은행 안에서

오늘 나는 44번입니다.

대기번호 55번 손님

5번 테이블 자리 났습니다

맛집 앞에서

나는 55번입니다

고속도로 휴게소 식당

번호조차 부르지 않고

111번 전광판 붉은 글씨로
깜빡거리며 호출되는
지금 이 세상에서
나의 이름은 없습니다

—「이름이 없습니다」 전문

인생 3막에서 필자는 44번, 55번 111번으로 불리는 익명의 삶에 우선 익숙해져야 했다. 그동안 이런 경험이 왜 없었겠냐만, 당당한 이름이 있던 시절에 어쩌다 듣게 되는 익명과 이름이 잊혀져 가는 시기에 더 많이 듣게 되는 익명의 온도는 너무나 다르게 다가왔다.

그렇게 '중심'에서 '아이들의 부록'에서 마침내 '강아지의 별책 부록'으로 가는 시간은 자연스러운 일이라고 혼자 속으로 다독거렸다. 그러나 아무도 없는 집안에서 "시나브로 잊어버린 우산이 되는" 속상함을 감추는 일은 그리 쉽지 않았다.

들어올려야
이가 맞고

뼈와 뼈가
부딪는 소리를 내야만
열리는 문

마분지 몇 조각
구겨 넣어야
오른쪽 왼쪽
가까스로 수평이 되는

손대지 않아도
스르르 절로 열리는
색이 바랜
오래된 장롱

그 속에
구겨진 옷가지처럼
널브러진

나!

—「낡은 장롱」 전문

다른 세상으로 들어가는
방식이 모두 달라
건망증과 헷갈림 속에
늘 헛발질이다

—「문」 부분

잃어버린 우산이 아니라 잊혀져 가는 우산을 넘어 '이도 안 맞고, 삐걱거리고, 수평을 잃고 기울어 가는 낡은 장롱'이 되기 싫었고, 하는 일이 모두 "늘 헛발질" 같아서 초조했다.

자연의 시속은
평균 1킬로미터
나는 무엇이 그리 바빠
볕 좋은 이 가을날
속도계 120이 넘어가도록
밟아대고 있지?

—「시속 1km」 부분

하루 쯤
헛된 꿈에 취해 살아도
신이 용서해 줄 것 같은 나이라는

똥배짱이다

—「로또를 기다리며」 부분

몇 잔 걸친 취기를 핑계로
청호동 앞바다를 보며
야~ 그게 사람답게 사는 거라고
에라이~ 개똥이다

고작 소리 한 번 지르고
비척거리며 돌아서는 일이다

—「사람답게」 부분

38 광땡이 아닌
그저 한 끗, 따라지다

이기기 위한 포석이 아니라
버리는 돌
바둑판의 사석이다

늘 지기만 하는
운발 없는 삶이 지겨워

오늘은
블러핑이다

기를 쓰고
포커페이스다

—「포커페이스」 전문

그래서 한동안 "별 좋은 이 가을날 / 속도계 120이 넘어가도록" 과속하기도 하고, "로또 한 장에 똥배짱"을 부리고, 맨정신은 부끄러워 취기를 빌어 아무도 없는 청호동 밤바닷가에서 "에라이~ 개똥이다 / 고작 소리 한 번 지르고 / 비척거리며 돌아서는 일이" 고작이었다. 또 어떤 날에는 '버리는 돌'이라는 느낌 때문에 '블러핑'을 하면서, "기를 쓰고 / 포커페이스다"를 유지한다.

그러나 블러핑은 한 번뿐이다.

이제
처마 끝에 거꾸로 매달려
서늘한 바람 한 줄기로
물기를 빼야 한다
시나브로 힘을 빼며
적당히 시들어야 한다

—「시래기」 부분

지금
내가 가야 할 길에서
나도
구간 단속 중이다

—「구간 단속 중」 부분

인생 3막을 살아가는 데 필요한 것은 '블러핑'과 '포커페이스'가 아니라, 시래기처럼 "물기를 빼야 한다 / 시나브로 힘을 빼며 / 적당히 시들어야 한다"는 것을 깨닫는 일이었다. 그리고 '구간 단속'에서는 속도를 조절해야 한다.

아이가 흔들어도
흔들

어른이 흔들어도
흔들

같은 기울기로 흔들리다
늘 제 자리

그래
딱
그만큼만 흔들리며 사는 거다

―「흔들바위 2」 전문

이제 내려갈 일만 남았는데
자꾸 눈앞에 어른거리는
보이지도 밟히지도 않는
예순한 살
저 눈부신 사다리

―「사다리」 부분

흔들리지 않고 사는 삶은 없다. "보이지도 밟히지도 않는 / 저 눈부신 사다리"를 제대로 내려가는 길은 "딱 그만큼만 흔들리며 사는 거다."

Ω---

넓지도 않은 오동나무 잎새 위를
하루 종일
구부렸다 폈다
세상을 재고 있는 너

지구 한 귀퉁이
속초 바닥을
평생
기어다니는 나

---Ω

—「자벌레」 전문

나도
당신 등 뒤
어디쯤엔가

딱 붙어 산다

—「갯바위」 부분

허름하고 오래된
그런

평평한 상이 되고 싶다

—「평상」 부분

'과속'과 '포커페이스' 과정을 거쳐 마침내 힘을 빼는 '시래기'에 이르러, 필자는 스스로가 "속초 바닥을 / 평생 / 기어다니는" 자벌레임을 자각한다. 그리하여 마침내 '따개비'처럼 "당신 등 뒤 / 어디쯤인가 / 딱 붙어살기"로 마음먹고, "허름하고 평평한 상"이 되기로 한다.

그러나 나는 아직도 '번역' 중이다.

Ⅲ. 저잣거리(市)에서 본(視) 시(侍) · 시(矢)한 시(詩)

박제영 시인의 「시답잖은 시론」이라는 시를 만나고 나서, 시를 쓸 때마다 필자에겐 새로운 여과장치 하나가 작동하기 시작했다. 일종의 강박관념이다.

그러나 또 한편으론 사물과 일상을 또 다른 관점으로 바라다보고, 들여다보는 일은 새로운 즐거움이다.

시적 메시지를 만들 때 내가 사는 저잣거리에서 시를 찾고, 깨어서 다른 시각으로 보는 시(視), 모시는 시(侍), 세상을 향해 쏘는 시(矢)로 나름의 기준을 만들어 가는 일은 새로운 배움이었다.

봄눈 맞으며 오른

설악산 오솔길 끝

어스름 저녁

내 손바닥 위에
오도카니 올라앉은

눈 덮인
지구본 하나

—「흔들바위」 전문

임자 없는 공유 수면
흔들리는 모래톱 위
아바이 마을이라는
작은 나라 하나
뿌리 내렸다

—「청호동 이야기 1」 부분

수복탑

어머니와 아들이
멀리 바라보는 곳
그곳은 북녘땅이 아니다
… (중략) …
결국 청호동 모래밭에
발목 빠진

단천 아바이의 한숨 속이다

… (중략) …

삭을 대로 삭은

신포 아마이의

눈물 속이다

—「수복탑」 부분

오늘은 일상 녹초

내일은 힐링 속초

카피라이트로만 남은

어쩌다 속초

—「어쩌다 속초」

내가 사는 고장의 이야기를 모티브로 작품을 만들기 위해 이곳저곳을 시를 쓰기 위해 다니기 시작했다. 의도적 시 쓰기 작업의 시작이었다.

어느 가난한 생이

남기고 간

절실한

그래서 더 아픈 흔적

—「흔적」 부분

평생 발목을 잡아 온
고된 노동과
내일이 보이지 않는
버거운 삶이
바짓가랑이에 걸려
좀처럼 일어나지 못하고
낡고 헤진 바지를 걸레 삼아
더러워진 세상을 닦고 있다

—「낮술」 부분

정신지체 3급 박 씨가
폐지를 나르던 리어카에
아내를 태우고 언덕길을 오른다

땀을 뻘뻘 흘리던 박 씨
아내 얼굴에 핀 웃음꽃 보며
환하게 따라 웃는다

어둡던 세상이 온통
환하다

—「어떤 웃음」 부분

그동안 빈말로 돌려세웠던
몇 사람 불러내

따뜻한 돌솥밥 한 그릇
같이 먹고 있습니다

—「언제 한 번 밥 먹자」 부분

옆집 아흔 살 할머니
푸른 별빛이 깜박거리는
횡단보도를 걷는다
… (중략) …
할머니가 스스로 견뎌내야 할
혼자만의 시간이다

아직 그곳은 할머니의 땅이다

—「할머니의 횡단보도」 부분

그렇게 세상을 보는 눈을 가지고, 그동안 눈에 보이지 않았던 이웃들의 이야기를 찾아낼 수 있었다.

프롤로그 :
24시 편의점 앞, 작은 탁자와 의자 두 개가 놓여 있다

제 1막 : 20시
야근을 마친 작업복 차림의 남자 사발면과 소주 한 병 들고 탁자에 앉는다
소주 한 잔에, 라면 한 젓가락, 국물 한 입,

카 소리와 함께 고단한 하루가 저물어 간다

제 2막 : 24시

알바 천국에서 온 친구가 계산대에서 유통기한 하루가 지난 공짜 삼각김밥과

오늘 시급에서 공제될 컵라면 하나로 늦은 저녁을 먹는다

그의 아침은 아직 멀었다

제 3막 : 02시

희미한 불빛 가로등 기둥을 붙잡고 안간힘을 다해 가슴을 두드리는 그녀

오늘 올렸던 매상만큼 시큼한 토사물이 쌓였다

해장국 컵라면 국물과 숙취해소제 한 병을 마시고 비척대며 일어서는

그녀의 밤은 다른 이의 환한 대낮이다

에필로그 :

스며든 슬픔과 고단한 소금기로

그들은 컵라면에 수프를 반 만 넣었다

—「편의점 컵라면」 전문

알바 열흘 만에

만다라 하나 얻었다

일에 진심을 다하는 것보다
사람에게 마음을 다하는 일이 더 어렵다

—「알바 보고서」 부분

청년실업률 숫자놀음으로 만들어진
비정규 계약직 사원의 책상위에도
시급 5,210원에
내일을 저당 잡힌
편의점 계산대에도

비상구(非常口)가 없다

—「비상구가 없다」 부분

오늘도 나는 뒷전에서만 빛나다
늦은 밤 집으로 돌아가는 길
길가 ATM에서 통장을 찍고
남아 있던 달랑거리는 동그라미에
오늘 더해진 숫자를 보며
하늘에서 빛나는 별들을 쳐다봐

—「빛나는 조연」 부분

과대포장 물건 사이를 돌며
전자 광고판에
보이지 않는 반성문 한 줄 썼어

나는 누구에게 빨판이었을까

—「빨판」 부분

그리고 용기를 내어 세상을 향해 쏘아 대는(矢) 詩를 쓰기 시작했다. 더 이상 도약할 비상구(飛翔口)도, 달아날 비상구(非常口)도 없는 청년들의 이야기와 거대기업의 빨판에 무심한 우리 모두에게 화살을 쏘았다. 그러나 아직 나의 화살촉은 너무 무디다.

마당을 가둔
콘크리트 틈새
한 줌도 안 되는 흙 속에 뿌리내린
풀들을 뽑는다
깊이 내린 풀뿌리를 뽑기 위해
나이만큼 더 무거워진 엉덩이를 치켜들며
힘을 쓰는 이유
너는 잡초라는 뿌리 깊은 생각

이길 수 없는 싸움에도
자꾸 멱살 잡는 까닭

너보다 내가 내린 뿌리가 깊지 못하기 때문이다

—「풀 뽑기」 전문

"문학 작품을 통해 표현되는 새로운 가치란 지금 - 이곳의 삶을 억압하고 있는 조건을 긍정하는 것이 아니라, 삶이 나아가야 할 방향, 즉 미래의 시간을 선취하는 감각을 말한다. 철학자는 인식으로, 시인은 감각적 통찰과 울림으로 그 방향을 예지한다. 시인은 상식에 기대어 살아가는 세인보다 조금 그 방향을 응시하고, 그 시간의 의미를 읽어내는 존재가 아니겠는가. 미래적 시간이 개시하는 이 가능성을 언어화하지 못하는 그때, 문학은 두 번째 죽음을 맞이할 것이다."라고 말한 고봉준 평론가의 충고를 기억할 것이다.

그래서 시 쓰기를 통해 앞으로 세상을 향해 자꾸 멱살을 잡을 것이다.

Ⅳ. 나가는 말

윤지영 시인은 "의미를 위해 언어를 이용하는 것이 아니라, 언어의 안내를 따라 의미를 찾아가는 것이다. 그 과정이 바로 창작의 과정이고 현실의 지평을 확장시키는 과정이다."라고 말했다.

또한 전남진 시인은 허후남 시인의 시평에서 "대상에서 이미지를 찾기보다 이야기를 찾는다. 그리고 그 끝에서 이미지를 보여준다. 시가 꼭 이미지를 향해야 하는 것은 아니지만, 이미지가 없는 시는 서사가 없는 소설과 같다."라고 말했다. 필자의 시를 설명하기에 딱 맞는 말인 것 같아 인용한다.

쓰다가 지우고 / 끝내 구겨버린 초고 / * * 스물 //

넣었다 뺐다 / 자리 잡지 못한 목차 / * * * 서른 //

꺼내 놓고도 얼굴 붉어진 / 익지 못한 서문 / * * * *
마흔 //

그 많은 새벽을 마주하고도 / 끝내지 못한 본문 / * *
* * * 쉰 //

기껏해야 권말 부록 아니면 / 별책 부록 / * * * * * *
예순 //

길어야 다섯 줄 / 짧아서 쓰기 더 힘든 편집 후기 / * *
* * * * * 일흔 //

더 이상 스토리가 나올 것 같지 않은 / * 그 이후 //

—「아직도 끄적거리는 중입니다만」 전문

유명 서점 서가는커녕

동네 서점 귀퉁이에도 자리 잡기 힘들어도

오기로

나는

나를 출판했다

—「나를 출판하다」 부분

서두에서 언급한 것처럼 이번 시집의 키워드는 '나'를 번역하고, '세상'을 번역하는 작업이었다. 그러나 그 '번역(飜譯)'에 사용된 어휘와 이미지가 명확하지 않아 '오역(誤譯)'이 걱정된다.

이런저런 이유로 나는 아직도 끄적거리는 중이다.